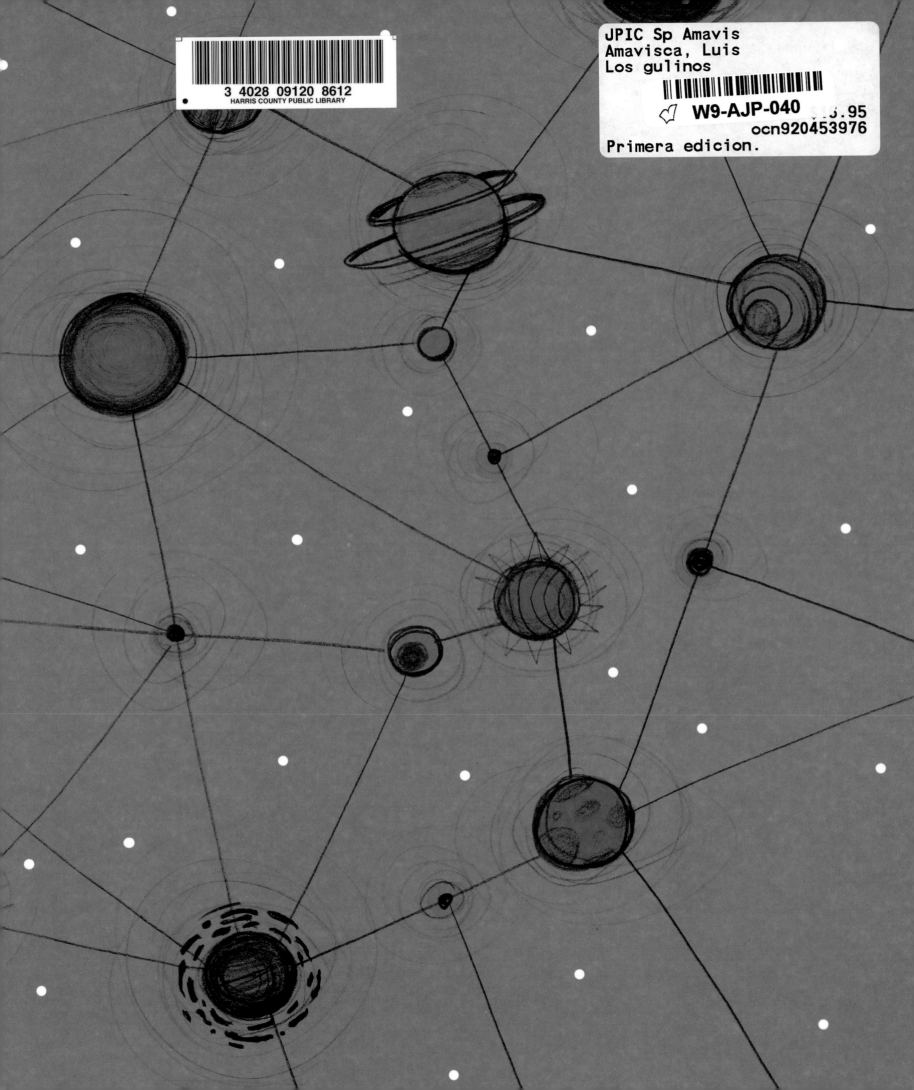

A Noe que os creó.
A Chufi.
Y a ti.

Luis

Para Bruna, Claudi y Lucas:
hasta el infinito y más allá.

Noemí

Los gulinos
Colección Somos8

© del texto: Luis Amavisca, 2013
© de las ilustraciones: Noemí Villamuza, 2014
© de la edición: NubeOcho Ediciones, 2014
www.nubeocho.com - info@nubeocho.com

Diseño: Isabel de la Sierra

Primera edición: Mayo de 2014
ISBN: 978 84 942360 3 7
Depósito Legal: M-8735-2014
Printed in Spain - Gráficas Jalón

LOS GULINOS

LUIS | NOEMÍ
AMAVISCA | VILLAMUZA

nubeOCHO
EDICIONES

Hace poco tiempo,
en el **planeta Gala**
vivían **Chufi** y **Tierki,**
dos **gulinos** muy simpáticos.

A **Chufi** le encantaban las **galatinas**
(que son como las chocolatinas, pero de su planeta).

A **Tierki** le gustaban los **galardenadores**
(que son como los ordenadores,
¡pero los de **Gala** están vivos!).

CHUFI   TUFI   KIPA

Tierki y **Chufi** tenían otros amigos:
Tufi, Kipa, Guni y **Pulila.**

Pasaban mucho tiempo **todos juntos.**

PULILA   GUNI   TIERKI

Solían ir a jugar a las montañas de **galabasura**
(que es como la basura pero no huele tan mal).

Allí siempre descubrían un montón de
galardenadores rotos,
que **Tierki** a veces arreglaba porque
decía que en realidad funcionaban.

Encontraban montañas de envoltorios de **galatinas**
y a veces **Chufi** rescataba alguna oncita
que nadie había comido.

Y sobre todo, había muchos,
pero muchos muchos trozos de **galástico**
(que es como el plástico, pero de **Gala**).

Un buen día, **Tierki,** entre todos aquellos restos,
encontró un **galardenador** que lo cambiaría todo...

Cuando consiguió encenderlo,
¡se puso a hablar!

Les dijo que se llamaba **Galalfa 8**
y que le habían tirado a la **galabasura**
porque le tenían miedo.

"Tienen miedo de mí porque sé el futuro".

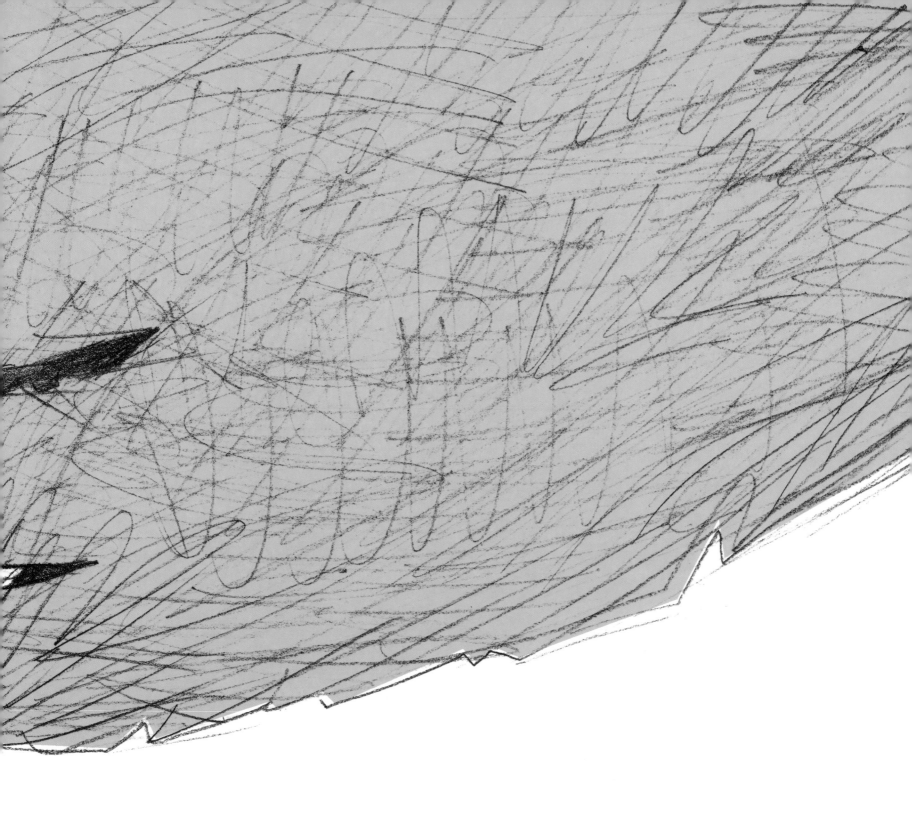

Tierki, Chufi, Kipa, Guni, Pulila y **Tufi** no sabían
muy bien qué era el futuro, pero lo que les contó
Galalfa 8 no les gustó nada de nada.

Les explicó que la **galabasura** se acumulaba...

Los **galoches** (que son como los coches, pero más rápidos y modernos) y las **galábricas** (que son las fábricas más contaminantes del universo) echaban mucho humo y destrozaban el aire del planeta **Gala.**

Les dijo también que cada vez había menos **galárboles**
(los grandes árboles morados de **Gala**)
y que los enormes **galagos** del planeta se estaban secando.

Gala se calentaba...
Tanto, que dentro de poco moriría.
Muy pronto, si los **gulinos** no hacían nada para remediarlo.

Tierki estaba muy emocionado.
Quizás porque había sido él quien había arreglado a **Galalfa 8.**
Pero también **Tufi** tenía lágrimas en los ojos...

Sin embargo, a **Kipa,** a **Pulila** y a **Guni** aquello no les importó
demasiado. Ni siquiera **Chufi** parecía haber hecho mucho caso.

Aunque pasaron varios años, todos ellos seguían teniendo
el mismo aspecto (es que el crecimiento de los **gulinos**
se para cuando cumplen siete años).

Sin embargo, algunos cambiaron mucho. Otros no tanto...

Chufi seguía adorando las galatinas,
pero ahora se alimentaba tan solo de eso.
Y todos todos los envoltorios
los tiraba al suelo.

Pulila decía que ella era muy limpia,
y cada vez que hacía **gaca**
se limpiaba el culo con mucho mucho papel
(tanto que todos sus amigos lo podrían
haber hecho durante un mes).

Kipa montó una **galábrica** que echaba toda su suciedad
en un **galago.** Se pasaba el día hablando por **galáfono,**
y cada dos por tres compraba uno nuevo.
El viejo (que todavía funcionaba) lo tiraba a la **galabasura...**

Y **Guni...** **Guni** era terrible.
Lo único que le importaba era ir de compras. Además iba a todos
los sitios en **galoche,** incluso a la panadería a la vuelta de la esquina.
Se pasaba el día en la ducha ¡y dejaba correr el agua durante horas!

Tierki y **Tufi** sí que creyeron a **Galalfa 8**.
Con su ayuda trabajaron mucho
para salvar su planeta.

Plantaron un montón de **galárboles** e
intentaron proteger los **galagos**.

Juntos

crearon una empresa de reciclaje de **galástico**...

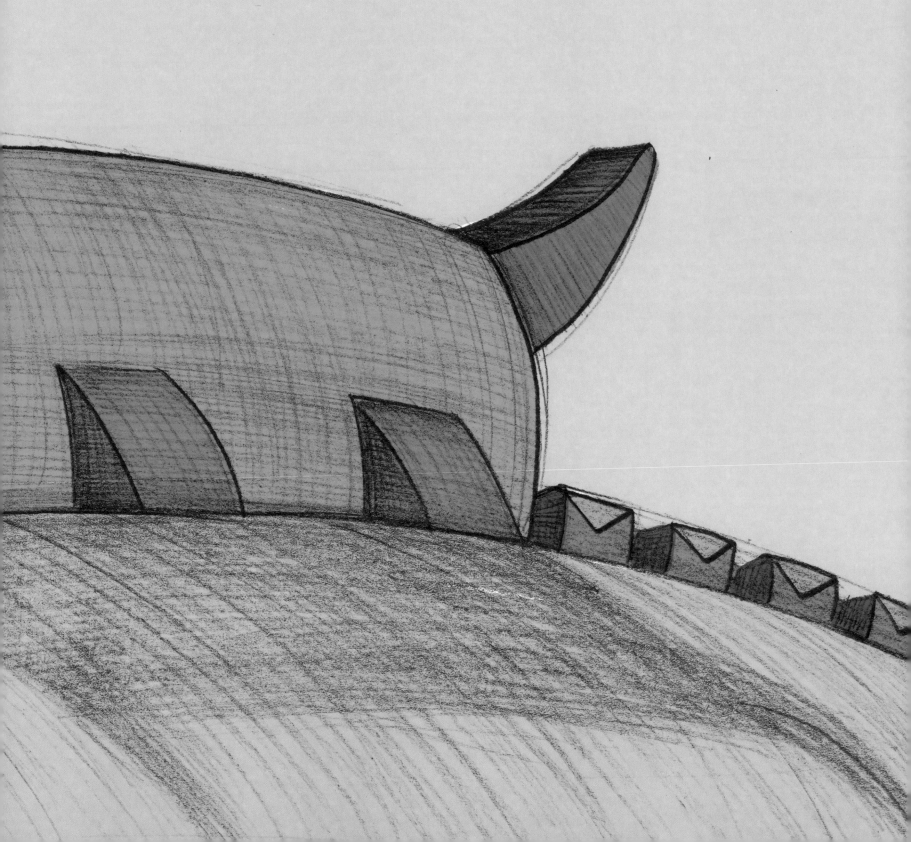

Pero **Gala** cada día se encontraba peor:
se estaba calentando mucho.

Los **galagos** se secaban,
los **galárboles** se cortaban para construir en su lugar
grandes **galábricas** y muchas **galapistas**.
La **galabasura** se acumulaba...

Pulila, Guni, Kipa y **Chufi:**
¡Ellos, y otros como ellos, estaban destruyendo a Gala!

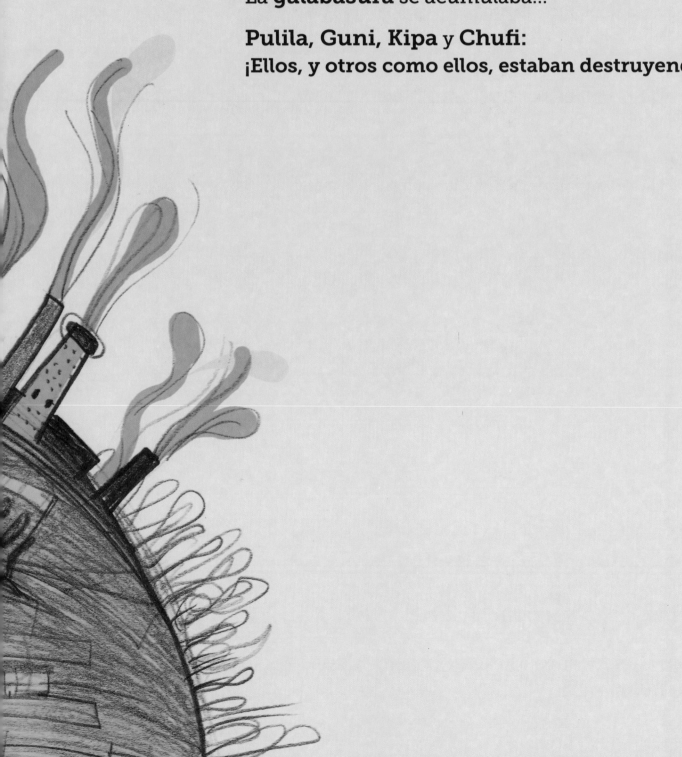

Tierki y **Tufi** se sentaron a pensar con **Galalfa 8.**

Juntos tuvieron una idea:
construir un enorme **gala-bus espacial**
en donde meter a todos esos **gochinos**
que estaban destruyendo su planeta.

A pesar de que habían sido sus amigos,
ya no los querían con ellos.

Para salvar a **Gala** tenían que enviarlos a otro lugar.

Y los mandaron al único lugar en el universo
en el que había muchos otros
que también se dedicaban
a destrozar su planeta.

Enviaron a todos...

¡a la Tierra!

—Les echo de menos...
¿Volverán algún día?

—Si cambian, iremos a buscarlos.

Además,
quizás haya que echar una mano a esos terrícolas.